JN088709

短詩集

ん

國峰照子

短詩集

ん

國峰照子

乱世を生きるはかないものたちに献ず

目次

1

いろはにほへとちるぬるを

2

わかよたれそつねならむ

3

うゐのおくやまけふこえて

4

あさきゆめみしゑひもせす

1

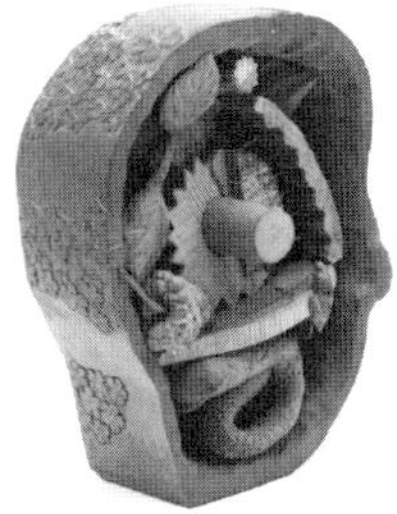

い

井戸のわきによこたわる
一本足
いろいろな時代があって
いまがある
いにしえは

きいろいけむりをはき
くろくぬりつぶされ
インド象の回路を赤く染める
故郷を喪った案山子の
いちずな眼
燃えあがる蜃気楼をみている

ろ

路肩でやすんでいる
ロシナンテよ
生まれはしらないが
そろそろの歳だろう
ろばのかたちの雲が

のびをして
つになって
いになって
ながれていく

は

春いちばん
背徳の根がうずく
電動歯ブラシを
刃物のように怖がり
噛めばくずおれ
不貞腐れる

半年のがまんも
これまで

歯医者で眠らせ
奥歯二本引き抜いた

晴れ晴れした
歯茎に秋風がしみる

働きづめの歯に
なんの礼も言わなかったな

に

西の空に見事な
虹がかかった
赤《せき》 橙《とう》 黄《おう》 緑《りょく》 青《せい》 藍《らん》 紫《し》
空で に と じ が綱引きをしている

あれよあれよと指さす先
ばらばらに　千切れ
七色の飴玉になって
落ちてきた

ほ

干し草の上で
老学者は返事を待っている
億光年のかなたから
星の少年が
放屁のような

信号を送ってくる
子音ばかりの
帆影とらえて
ほらね　と
ほっこりする

へ

へまをして
下手な嘘ついてなお
へ理屈をこねる
高くくる鼻

へし折って
新しいおんなたちが
紙ひこうきにしてとばしている

と

と
は
城の石垣の石
と
石に挟まれて
と
息をもらす
と
もあれいつここに

と
らわれたのかみずから
と
びこんだのか三角法では
と
けないなぞだ
と
はかつて手術台の上にいた*
と
きの
と
きめきがわすれられない

*ロートレアモンによせて

ち

ちょっとそこまで
軽妙な笛につられていった
ちいさな老女は帰り道がわからない
地球のへりを
蝶のように回っている

中世にぽつんと灯る
駐在所の明かり
ちょびひげが
(ねずみ五百匹にこども百三十人ばば一人)
帳面《づら》を合わせている

り

竜舌蘭の彫りのある
銀時計
竜頭を巻くと
青紫の文字盤がひかり
輪舞する数字たち

琉球に生まれた貴婦人は
数十年に一度　正しい時を示す
龍王が淵を割って出る日

ぬ

抜き差しならぬ恋の
ぬまにはまった
おいらくのひと
げんじつは上の空
どうでもいいが

足がぬけるまで
おぼれている

る

応答なし

留守が居座っています

を

をやっとつかまえた
をくすぐり
を八つにわけ
を花束にして
を自転車にのせ
をさみしいひとに配った

2

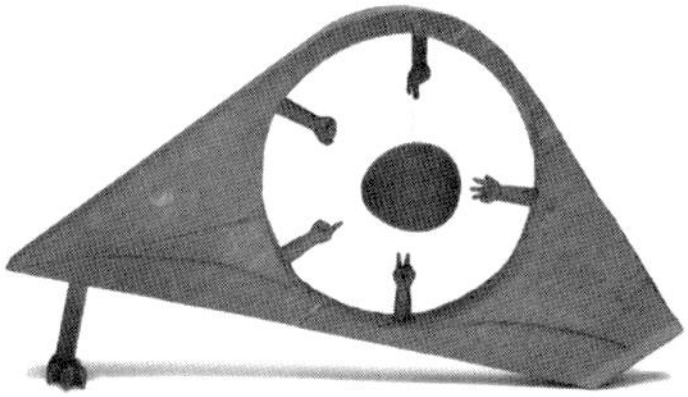

わ

わ
かれぎわ

わ
すれるなよ

わ
かった

わ

たいふうにはかな
わない
わたされた
わ
りふを
たいふうに
かざす
ひま
わり

か

かなかながないている
かっときて刺したか
かさをそのばにすて
かわかみにはしりさっていった
あれはたしか

かっぱのトックだった
かしのきのうえで
げんばをもくげきした
かなかなが証言する

よ

夜明け前のうたが聞こえる
眠れぬ奔馬をなだめ
よしなしごとを
遠い日のまっさらな香りにつつむ
夜霧の石畳を行く荷車の音

呼び交わしついていく野良犬の声
寄る辺なく軒の氷柱の折れる音
読み上げる祖母の読経の声
白みゆく
余白にくすりがきいてくる

た

たんじょうびに
立てた蠟燭
たまった秘めごと
一気に吹き消したつもり
息吹きかえしたいっぽんが

ぼやを起こし
たちまちご近所に
知れわたって
しまっ
た

れ

れんがこうじょうの
さびたひきこみせんに
れいのごとく
れもんひとつおいてきた
れきしからきえた

しょうごのポー
れっかしたかくめいを
かおりのふんむでなついろにそめた
れいはない

そ

そば殻の枕でねむっている
そんとくなしで
そばをうった職人の
墓碑銘

「生きるためにそばを食べよ
食べるために生きるな」

つ

つばきのつぼみがひとつ
ふれないでよ

おとめごころが
つんとそっぽむき
つきのみちるのをまっている

ね

ねこねここねこよくねむる
ねこ三匹
だきあって
ねてる
秋が忍び足で

一匹さらっていった
ねそびれた夜は鈴の
音がしゃんしゃん
ふってくる
ねずみにかこまれ
ねこねここねこよくあそぶ

な

なにもかも
なみまかせ
なすりあう
なばかりのなかま
ななくさをわけて

ながれる
なまものが
なきたくなる
ながあめつづき
なまこはたまらず
ちんみに
なる

羅針盤の狂った世紀だった
うたかたの聲にさそわれちきゅうに帰還するも
なつかしい弓なりの島がどこにも見当たらない
凪いだ海いちめんに
何千年前の星が溺れ点滅していた

なにももたない明るさだ

3

う

海辺に
うずくまり
石積みをする男の子
夕陽を背に

うすく尖った石
角ばった石
丸い石
うよ曲折を積み上げていく
うまくのるかのらないか
少年の危うさが眩しい

ゐ

ゐるか
ゐないか
ろんそうはつきない
ＵＦＯは

ゐないゐないばあ
なきやまないちきゅうを
あやしにくる

の

〈の〉はふいにあらわれ
運命の結び目をほどき
生まれたばかりの羽をふるわせ

詩篇の上に下に斜め横に瞬間移動
そんな喜ばしい未確認物体をみた
のはいつだったたか

＊北園克衛さんの詩に

お

おもいでの
おまけをつけあう
おとしよりの
おしゃべり

おたがい少女にかえって
大型のくるまいすを
ゆすっている

く

くそ
いつどこで
くいちがったのか
なんで折れ曲がったのか

青春はむてっぽう
老いなんて考えもしなかった
くぎ

や

やわらかい雨がふっている
やわらかい会話が波紋を広げ
やわらかい月がまばたきをする
やわらかい町は眠り

やがて梅雨明け
やぶこうじのかげで
やまかがしの卵が孵る

ま

まつりあと
まよなかとあかつきの
まがりかどにできた
まっきいろのやかた

まのぬけたでんか
まのびしたしつじ

まのわるいむすこ
まがさしたむすめ
まにあわないまご
まがりするいとこ

まんげつにおどりだす
まんげきょうかぞく
まじゃくにあわぬ
まどりがる
まわって
まわってむしょくになる

け

毛深い寝室で
寝起きの
煙草を取りだす
気配を察知するや

携帯　筆入れ
蹴ちらして遁走する猫たち
嫌煙権は我々にもある
けに

ふ

ふとこちらに向き
ふいっとどこかに消える
風神は気ままな音
符

深追いはできない
ふぁんたすてぃっくに
東西を旅する
ふの止まり木はどこ？

こ

独楽をまわす夜
地軸に垂直に立つ虚心
薬殺してきた夜の衣が幾重にも透ける
傾きはじめると

縁にぶつかりキキとなく
この無心この法悦　ひとは
なぜ眠らなければいけないのか

え

縁側で遊ぶ
こどもらを楽しんでいた
銭湯のえんとつ
高層ビルに

空をけずられ
ちぢんでしまった
鉛筆ほどの
ぐちを吐くも
けむたがられる

て

てにをはが
いたずらな
天使にそそのかされ
脱走してしまった

漢詩のなかで
てんでに
「遊びをせんとやうまれけむ」と

4

あ

あおざめた馬が
あわふいて
逆立ちしている
煌々と光る腹

宙を蹴る後足
あぶなくて近寄れない
あくびをした拍子に
あいまいな
明日を呑みこんでしまったらしい

さ

さくら散る
さはあれど
五月雨に
さしせまって

咲くこともない
珊瑚樹
去るものは追わず
三歩引いてお先にどうぞ

き

幾何にかくれた補助線をさがす旅
終電車からひょいと降りてくる
円にちがづくも円と名乗れない多角形

無限遠はそれでも先をめざす
直線の約三・一四倍の旅をする大河の一生
夭折の川をふところに抱いて

ゆ

ゆきふるふる
幾重にも重なった歯車
凍りつつ
キシキシまわっている

四十五億年前の時と今できたばかりの時
つぎの時代をはかる
六角形の
ゆめがつもっていく

め

めった打ちのあとは
格子のなか
弁護士を呼べ
めくじら立てて
めいっぱい

ふくれてる
めろんぱん

み

みさき　みずぐるま　みをつくし
〈えいえん　という観念が垂直に
光の雨に打たれている〉
とうたった詩人はいま
三浦半島の空を

ゆうゆうと舞っている
病室の窓をみやり
「鳥になりたい」
とボードにしるした
あの日のほほえみは
えいえんだった

＊新井豊美さんに

し

師走にはいる二日前
衝撃にふるえてかけつけた
純粋な愛をもとめていのちを絶った
しらふではいられない
根の哀しみ

「あなたは愛をしらないからよ」
「そうかもしれない」咄嗟にこたえ
最後の電話はきれた　贈られた
白鳩の箸置きにいまも問う
どうこたえればよかったか

＊征矢泰子さんに

ゑ

閻魔さんが相談にきた
抜いた舌で蔵があふれた
宝船に載せて
遠海に

捨ててきてくれぬか
戎さんは苦い顔
舌先三寸は政界に
戻すしかありませぬ

ひ

ひの形をした土器は
火の壺か
悲の器か
陽だまりの
そこしれぬ太古をのぞく

ひきがえるは
「干からびた胎児」になっていく

＊サティの曲名

も

もんだいは濃すぎたきずなかも
当主のゆくさき不明
廃屋の
門柱によりかかる
物干し竿

やんまが二匹
もつれている

せ

せかいをひとのみにした
ぬけ殻をひろった
熊野参道
せみは〇・〇一三秒の
せつなを鳴きつくし

ゆうきゅうの木立に
寂としてこえなし

す

すっぱい音楽はみらいの
数列でできている

すぎさった恋は
すっきりした背をみせる

すわり心地のよい椅子は
すりあしで眠りをさそう

すずらんの花は紫陽花を
すこしばかり妬んでいる
するどい喩は安心安全の
すきをついてくる
すでに人類進化の
すじがきは破綻している

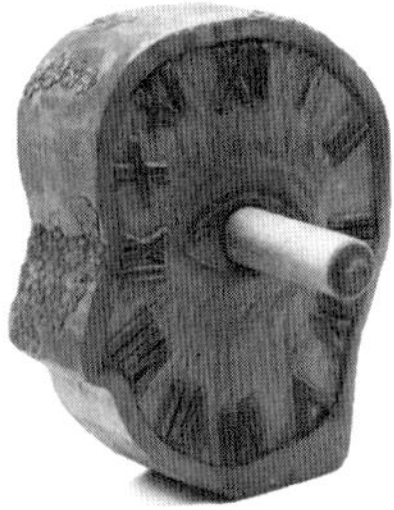

あとがき

十世紀から十一世紀中葉に成立されたという、いろはうたの本義は『色は匂へど散りぬるを我が世誰ぞ常ならむ有為の奥山今日越えて浅き夢見し酔ひもせず』にあり、仮名四十七文字を重複せず作られています。有為の奥山今日越えて、この峠に立つ私はいまだ醒めず、詩の夢を見ているのかもしれません。

編集の労をつくしてくださった藤井一乃さん、ありがとうございました。快く引き受けてくださった思潮社に感謝申しあげます。

二〇二四年一月記す

國峰照子

付記

私の木工作品四点は詩誌「みらいらん」（発行人・池田康氏）の表紙を飾り、さらに「gui」の羽毛田徹夫、四釜裕子両氏をはじめとする同人有志のおかげで絵葉書となって日の目をみたものです。

短詩集ん

著者　國峰照子《くにみねてるこ》
発行者　小田啓之
発行所　株式会社思潮社
一六二 - 〇八四二　東京都新宿区市谷砂土原町三 - 十五
電話　〇三 - 五八〇五 - 七五〇一（営業）
〇三 - 三二六七 - 八一四一（編集）
印刷・製本　創栄図書印刷株式会社
発行日　二〇二四年四月三十日